mahler

dachbodenfund

gedichte

°luftschacht

zwerg puck

grün
gelb
roter
filzanzug

gelbe
plüsch
mütze

langer
weißer
bart

stark
abgeliebt

bär mit matrosenanzug

45 cm

gelb
buckel

fehler
an den fußsohlen

ein wenig
eingestaubt

dachbodenfund

pärchen mucki und macki

mucki mit knopf
schild und fahne

macki ohne knopf
schild und fahne

selten

strupp

ohne knopf
ohne schild
ohne fahne
mohairverlust

bespielt

konvolut

dreimal snucki
zweimal lamby
zweimal froggy
zweimal mousy

schönes
konvolut

strunz

biegbare
ohren

offene stellen
am filz

schuhsohle locker
zähne fehlen

garantiert alt

yes/no bär

mit brille

ohren
neu
befestigt

brummstimme
intakt

gummihose
verschlissen
aber vorhanden

nummer
auf der fahne
leider
unleserlich

wurzelsepp

alt
buckel
hartgummikopf

körper
in schlechtem zustand

wurzelholz
furniert

bekleidet mit
rotkäppchenkostüm

außergewöhnlich
durch die kleidung

käthe kruse

deutsches kind
kunststoffkopf

blaue
fest
eingesetzte
glasaugen

celluloidhände

hinterkopfnaht
erst unter der perücke
sichtbar

kopf verschmutzt
körper gut

käthe kruse II

drei hinterkopfnähte
kleine spannungsrisse
unter dem linken auge

in den kniekehlen
eingenäht
ein finger fehlt

kleid mit einigen
mottenschäden

körper bespielt

du mein

magnesitkopf

körper
beschwert

beschwerung im kopf
lose

lederbabykörper
mit bauchnabel
poloch
und
mamastimme

bitte
besichtigen

clown aus fass steigend

antrieb
defekt

elka

handbemalte
kellnerin
sechs maßkrüge
tragend

die frau
als flasche
mit dem hut
als stopfen

typ hilda

lustiger
ausdruck

offener mund
oben zähne
durchstochene ohren

farbabrieb am hals
und an den ohren

beine unschön
geklebt

augen liegen
lose bei

rarität

katzenbaby
circa 1904
im holzwagen
ohne räder

katze liegend
unter einer roten
mohairdecke

zwei graue mäuse
an den wagen
gebunden

störrischer esel

mit rotem filz
unterlegter
ledersattel

altersbedingt
verschlissen

mähne
ausgegangen

füllverlust

hund als handtasche

selten

blattlaus

bagatelle

mit strohhalm
und hose

stehhöhe
9 cm

kleine deformierungen
im vinyl

puppenstube

alte
tapete

altes
bettzeug

herd ohne
töpfe

altersbedingt
emaille-abplatzer
an den schöpflöffeln

schrift:
„guten appetit“

vogelhochzeit

2 wollvögel
auf karton

mit haube
stock
zylinderhut

und
schleier

metallbeine
mit filzpantoffeln

filigrane
arbeit

dazu
ein altes foto

gratulantenpaar

2 wollvögel
auf
karton

wurden in keinem
katalog angeboten

biber

60er
70er
jahre

um baumstamm
gewickelt

gekleidet
als schotte

sehr
ausdrucksstark

mystery car

2 fenster
möbliert

mit sichtbarem
motorraum

sakrale teile
an einem kotflügel

mit nickendem hund
auf dem rücksitz

hersteller
?

faultier

am baumzweig
hängend

mit dickem
bauch

zustand
eins

schützengraben

geduldspiel
mit 15 soldaten
und anleitungsblatt

soldaten
in gemischtem zustand

bastelkonvolut

12 stück
soldaten

und ausstattungsteile
für landschaft

mauern
geschütze
zäune
explosion

willi der stahlkocher

plüschbär
mit helm

leichte brandlinie
hinter den ohren
(unbedeutend)

dazu
soldat
handgranate
abziehend

betthupferl

eine röntgenaufnahme
auf der das drahtgerüst
erkennbar ist
liegt vor

konvolut puppenkleidung

häubchen
jäckchen
lätzchen

alte
schuhe

diverse
größen

diverse
zeiten

atomkraftwerk

70er jahre

mit
anleitung

hatte nach seiner
auslieferung
viele reklamationen

typ teddy baby

fellperücke

mit ausnehmung für montage
auf spieluhr

musikstück
auf spieluhr

hoch vom norden her
kommt ein kleiner bär
(seltenes stück)

keine gewähr auf
dauerfunktion

schule

früh

kleine
schulbank

1
tafel
1
heft

lehrerin
etwas
verbogen

kleidung
gehäkelt
kopf
pappmaché

schüler
fehlt

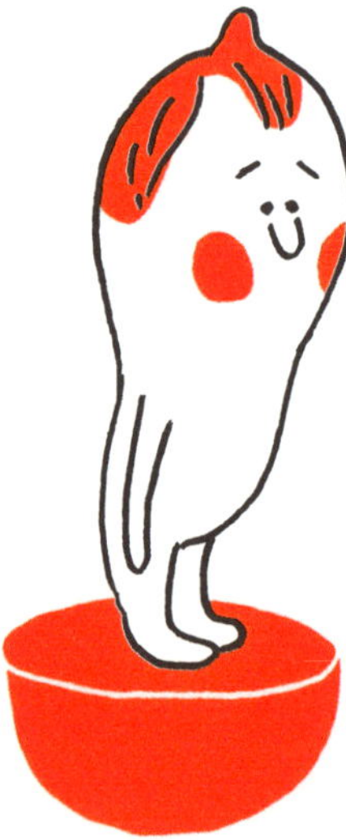

träumerchen

innerer
verschlussmechanismus
fehlt

schulterplatte
mehrmals gebrochen

augen liegen
im kopf

ideal zum
ergänzen

oder als
ersatzteilspender

fashion queen barbie

aufklappbar

innen
verspiegelt

bekleidet
mit dem
gesuchten outfit
#1609

black
magic

etwas
schwergängig

kippstimme

superstar barbie

keine
funktion

mit steifen beinen
und lackierten fingernägeln

hellrosa lippen
(etwas berieben)

kratzer
am körper

ein wenig
ofenstaub
einschlüsse
unter der
nase

wohl us-zone

interessante figurengruppe

noahs frau
und zoowärter

mussolini
auf trabpferd

1 blumenkind
mit wattekleid

gänseliesl
mit altersriss
am rechten arm

österreicher
und franzose
sitzend und
kämpfend

skurrile laufpuppe

körper wirkt
etwas gedrungen

kettenantrieb

durch drehen
des kopfes
bewegen sich
die beine

mit antreibendem bauern
und suchscheinwerfern

googly

melonenmund

alte
unterkleidung

ein wenig
knochenleimreste
in der kopfkrone

puppen
verkauften sich schlecht
auf dem markt
sodass die produktion
eingestellt
werden musste

piep

uralt

uhrwerk
korrodiert

ohne
schlüssel

mädchen ilsebil

ein kleines mädchen
schiebt einen
puppenwagen

ein massebaby
liegt darin

körper
zu groß

überstrichen und
gestückelt

puppenkochbuch

einband
verschlissen

verschmutzt
und fleckig

rezepte leider
unleserlich

sowie
aus dem leim
gegangen

eine nützliche gabe
für junge mädchen

3-gesichter-puppe

lachend
schlafend
schreiend

mit einem haken
am hinterkopf
zum aufhängen

spielzeugaltar

holz

sehr
viel
zubehör

weihrauchfass
gebetbuch
kelche

et cetera

dazu
1 masseengel

mit kreppkleidung
und oblatengesicht

guillotine mit verurteiltem

voll
funktionsfähig

durch herunterschlagen
des fallbeils
wird der verurteilte geköpft

wobei sein kopf
in einen korb fällt

originelles
stück

kleiderbügel mit affengesicht

gute
arbeit

wunderkind

absolut
selten

geschnitzte
pagenfrisur

etwas
verzogen

fein ausgeformter
körper
mit speckringen

müsste möglicherweise
einmal gereinigt werden

funny

stoffrumpf

ohne
beine

haushälterin

anmodellierte
warze

aufgemalte
runzeln

stimme
defekt

mit 3 kleinen
körben

früchte locker

mann an der wurstmaschine

made in france

mit pfeife
und oszillierendem zylinder

perücke später
und etwas zu klein

dazu
zwei sanitäter
mit trage

rauchverzehrender hund

hechelnder
männchen
machender
hund

alt
elektrifiziert

ein wenig
verschossen

kleines fatschenkind in holzschachtel

taufgeschenk
mit stimme

etwas
wurmfraß

jedoch nicht mehr aktiv

aufschrift:
„ich gratuliere“

bock

seitlich blickende
schelmenaugen

restfahne

1 hand
als greifhand

unbekleidet

klemmt
ein wenig

armand marseille

leicht lächelnder
gesichtsausdruck

silberblick

kusshandmechanismus
defekt

mit altem taufkleid
gekleidet

einige für franzosen typische
masseabplatzer

dazu
ein koffer
mit viel unterwäsche

bubi in not

kopf kaum
erkennbar

körper unschön
überstrichen

kleiner ausbruch hinten
am brustblatt

mit herausspringendem hund

tanzfigur

clown
mit geige

dreht beim aufziehen
etwas durch

1 plastikschuh
fehlt

schießspiel

mann
mit munition

esel
mit kanone

ohne
anleitungsheft

du mein

vollkopf
charakterbaby

hinterkopf
ein wenig eingedrückt

kopf in rumpf
eingebrochen

stimmenmechanismus
am unterleib

anmodellierter zwerg
nur unter uv-licht
sichtbar

sambatanzende hunde

ohne
antrieb

dazu
ein winziger briefträger
mit kinderbriefen

füße fehlen
ab den knien

janusbär

mit
zwei
gesichtern

aus unterschiedlichen
zeitepochen

wohl ursprünglich
einmal
gelb

faky

handspielpuppe

nach unserer
auffassung
original

strampelchen

in
einer
holzkiste

ohne
körper

wahrsagepuppe

der rock der puppe
besteht aus mehrfarbigen
papierstreifen

auf denen prophezeiungen
für die zukunft
stehen

prinzessin victoria
soll eine solche
puppe besessen haben

echtheit kann nicht
geprüft werden

3 teile hänsel und gretel

mit hexe
maße
10 cm

dazu
1 wolf
1 magd
9,5 cm

zustand 2

riss am hals
der magd

unleserlich, landschaft

fast
mystische
landschaft

mit breitem weg
der zu einer hütte führt

links
ein
fasan

mit breitem pinsel
erfasst

ein offizier
erklärt
etwas

unleserlich
signiert

3 hunde nummeriert jagen einen hasen

blech

dazu
2 bäume
12 holzhäuser
3 holzgespanne
3 straßenbahnen
1 taxi
1 omnibus
1 wildwestkutsche
1 weltraumbahn

nicht 100% passend

14 teile zwerge

dazu
10 teile federvieh

passen
optisch
gut

dürften jedoch
10 jahre
jünger
sein

wiener bronze

katze
um napf
kreisend

mit
maus
10 cm

blechnapf
mit
flugrost

dazu
das kleinste tangopaar
der welt

vater mit sohn bei züchtigung

deutsch
manufakturarbeit
wohl vorkrieg

hände haben
etwas viel spiel
im gelenk

dazu
im feuer vorwärts
brettspiel

spinnerin

kratzer im kopf
innen

hinten
schubladen

seitlich
fächer

darunter befindet sich
eine alte tapete

1 massezwerg

pausbackig

mit angedeuteten
schuhen

fällt um
und stellt sich
wieder auf

1 arm
gebrochen

sonst
gut

verwandlungshase

erschreckt
schauend

kopf wurde
weggebrochen

und
wieder
angeklebt

zwillinge in holzkasten

haben sich
wohl noch nie
außerhalb des holzkastens
befunden

museal

krippefiguren

kunststoff

4 könige
2 zapfen
2 engel

maria
josef
esel

jesuskind
ein wenig
abgegriffen

raucherhaushalt

puppenstubenprogramm

teufel
auf einer kiste sitzend

beduine
mit holzwurmbefall

prügelndes
weib

mit bizarrem
dekor

puppenstubenpuppenmann

ohne
makel

hellblaue
strahleaugen

wunderschöne
kleidung
eines marquis

funktionstüchtig

dazu
1 schlachtermesser
für kleine
puppenstubenmetzgerei

3 märchenbücher

was
wir
tun

was
wir
treiben

und
so
weiter

pfiff

werbefigur

ohne
stimme

grimmiges
gesicht
ziehend

unbespielt

1. Auflage 2015

www.luftschacht.com

Umschlaggestaltung: Nicolas Mahler
Satz: Mahler/Luftschacht
Druck und Herstellung: Finidr s.r.o.
ISBN: 978-3-902844-54-5